차경 借憬

황금알 시인선 50

차경 借景

초판발행일 | 2012년 2월 29일
2쇄 발행일 | 2012년 8월 8일

지은이 | 김은령
펴낸곳 | 도서출판 황금알
펴낸이 | 金永馥
선정위원 | 마종기 · 유안진 · 이수익 · 문인수
주 간 | 김영탁
디자인실장 | 조경숙
제작진행 | 칼라박스
주 소 | 110—510 서울시 종로구 동숭동 201—14 청기와빌라2차 104호
물류센타(직송 · 반품) | 100—272 서울시 중구 필동2가 124—6 1F
전 화 | 02)2275—9171
팩 스 | 02)2275—9172
이메일 | tibet21@hanmail.net
홈페이지 | http://goldegg21.com
출판등록 | 2003년 03월 26일(제300—2003—230호)

값 8,000원

ISBN 978—89—97318—06—3—03810

차경 借憬

김은령 시집

황금알

첫 시집 이후
십 년 만에 시집을 묶는다.
결코 짧지 않은,
어쩌면 지극히 짧은 그 시간동안
많은 것들과 다투었고
너무나 많은 것들이 나에게서 떠나갔다.
두려움과 막막함에서
내가 나를 견디었던 것은
치열을 가장한 비루였다.

나의 시詩는
그 비루를 빌어 지은
한 칸
누옥이다.

차 례

2부

3부

4부

1부

비: 읍

지금은 저승의 아버지가 엄마 손을 꼭 잡고
이승으로 건너왔다 다시 돌아갈 시간
제수를 차려 놓고 형제들은 예를 올렸겠지
지척의 거리가 마음속엔 구만리보다도 멀어
귀신도 모르게 숨어 지내는 밤
어느 집에선가 컹컹컹 개가 짖는다
모두 잠든 시각
잠들지 못하는 나를 용케도 알아보고
컹컹, 어둠을 업고 찾아오는 소리
통 모른 체하기가 만만찮다
어제 낮 골목길에서 얼핏 마주친
트럭 짐칸에 목줄이 묶여 가던
강아지 너댓 마리 자꾸 떠오른다
컹컹, 컹컹
저 서러운 소리는 모원단장도 넘나?
살아생전 이미 창자가 녹아내렸을 엄마의 혼백은
지금의 나를 위해 또 무엇을 버리시는지

섣달 열엿새, 나를 허물고
저승과 이승의 경계에서 맴도는 울음

쓸개를 버리다

습관이 된, 암청색 즙을 게워 내는 밤
깜빡 혼절 된 순간만은 평화로워라
식도까지 딸려온 창자를 밀어 넣으며
긴 세월 동안 내 안으로 흘러들어 온
쓴 연애, 쓴 약속, 쓴 기억, 쓴 꿈
총체적인 쓴 삶이 담긴 낭囊, 을 버리기로 한다
품위란 말, 이젠 사치다
영혼이 있다는 것도 거짓말이다
비루하게
구차하게, 세상과 통정 중이며
살아야 한다. 에 급급할 뿐
이제
쓰디쓴 담즙의 흔적 감쪽같이 지우고
붉게 칠해질 입술
그 입술을 비집고 기어 나올 새빨간 말,
말들에게 하루치를 기대는
한 마리 짐승

축생일기

입의 호사 따위는
꿈속에서라도 바라면 죄가 되는 처지로
여러 해 지나는 동안
아이는 자라서 철이 들어갔는데
후회막급인 결혼, 기념하라고
정례인 양 받던 꽃바구니 대신
백세주 두 병과 쇠고기 한 덩이
택배로 왔다
원수끼리 마주 앉아
짠—, 술잔 부딪히고
고기 한 점 입안으로 서로 넣어 주는데
꽃보다 먹이!
게걸스레 열리는 목구멍

병

내지 못한 자동차 보험료를
대신 납부해준 보험아줌마가
기다리다가, 기다리다가
음료수 한 박스 손에 들고
집에 찾아왔다
이러니저러니 한참을 남 얘기만 하다가
어쩔 수 없지 뭐,
신경 좀 써! 말끝을 단단히 박아 놓고
느릿하게 돌아간 뒤
콱 막히는 목구멍을 축 일려고
두고 간 박스에서 병 하나를 꺼내는데
'영진 비타 골드'
갈색 병을 둘러 감은 글귀가
달랑 들려 나온다
영진?
빌어먹을, 지금 이 상황에서도 나는 왜
영진설비 돈 갖다 주기*가 생각나는지

비단 이것만이 아니었다

* 박철 시인의 시집 제목

15

깡,

꽃잎을 반이나 뭉텅 뜯기 우고도
시들지 않은 수레국화가
뜯긴 꽃잎의 무게만큼 땅 쪽으로 기우는 몸을
끙, 들어 올린다
무심하게 놀린 누군가의 손짓거리가 분명해
바라보는 내가 참 불편하다
차라리 깔끔하게 지고 말지, 무슨 깡을 부리나
생각하는 사이
벌 한 마리 날아와 꿀을 빤다
꽃의 목대가 파르르 떨린다
수레국화가 완성을 위해
반편의 얼굴로 매춘하는 지금
꽃의 뿌리는 깡,깡,깡 울 것 같다
반편인 내가 살아 보겠다고
파르르 떨 때마다 저 까마득한 곳에서
깡,깡,깡 우는 엄마처럼
살아오는 동안 무엇을 위해, 무엇에 의해
목울대가 눌리어 파랗게 질릴 때
내가 내미는 히든카드는 깡,

울어서, 울어서 눈물이 말라버린
내 뿌리의 마른 울음인 그 깡,이다

신 생물도감편

음침한, 예를 들어 폐가의 헛간 같은 곳에
체류하는 포식자 군단
그들의 생계수단인 행위 본 적 있지?
나는 지금
폐가로 전락하는 도시의 내부에 남아
변종 중이다
양심을 갈아서 뽑아내는 포획 줄
혓바닥에 감기어 뿜어져 나오는
끈적이는 가닥, 가닥들
사방팔방 틈새를 노려 투척하고 있다
쫙―펼쳐지는 먹이 사냥의 보편적 도구
난설亂舌로 짠 그물망을 가진 자
직립의 시대를 탈각하여 완벽하게 변종된
이것이야말로 종種의 진화
무엇이든 제발 가까이만 와라
오감을 곧추서게 하는 미세한 떨림
감지하고 싶다

훈육 당하다

목수국나무와 은행나무와 그 아래 골담초, 골담초밑에
명자꽃, 목단꽃

목단꽃 옆에 상사화, 나리꽃, 잉크꽃 건너 앵두나무를
비켜선 불두화, 불두화 옆에

황매화, 옥매화 옥매화발치 맥문동과 미국잔디와 또
토끼풀, 그 건너

산능금나무, 담장 위 능소화, 넝쿨장미 아래 개나리,
백일홍이 살던 마당,

그 마당을 가진 집 두고 올 때에도 눈물 안 흘렸었는데

그 집 마당 제일 안쪽 치자나무

서른아홉 생일에 선물로 받아 심었던 치자꽃나무

뚜둑 뚜두둑, 뿌리 절반을 뜯기 우고 나서야 나 따라
온 나무야

밖엔 눈 내리는데, 왜 아직 잎 붙들고 있는 거냐

눈 피해 우루루 방안으로 몰려와

벌서는 아이처럼 나란히 벽에 기대어 선 식구들 신발
틈에

얼렁뚱땅 옮겨 앉은 황토도기 큰 몸피를 영차, 들이밀고
빳빳하게 푸른 잎 세우고 있는 거냐

푸르다는 것, 아직 살아 있음이라고 그렇게 말하고 싶은 거냐

나한테 지금? 그런 거냐

발자국 언어

재두루미 한 마리가 동화천에 내려와
물결 위에 발자국을 찍으며 걷는다
날개를 펼쳐보다가는 접고, 다시 펼쳐보려다 접으며
천천히 천천히 얕은 물 위를 걷는다
물오리떼가 있고
눈조리개를 조였다 풀었다 하는 내가 있지만
재두루미에겐 아무도 없는 것,
재두루미가 저렇게
혼자 발자국을 남기며 걷는다는 건
물 위의 발자국이 누군가에 닿기를 기다리는 행위
물결의 파문을 기억하는 발자국은
언젠가 제 족속에게도 읽혀
혼자인 재두루미를 제 무리에게로 날아오르게 하는 전령
지켜보는, 스치고 가는 무수한 이들이 있으나
나에겐 아무도 없는 지금
사람과 사람 사이에 찍고 있는 나의 발자국도
언젠가는 그 누군가에게 닿아 파문을 일으킬 문장
내가 나를 증명하게 될 말

눈총

주체는 되지 못하고 말석이나 기웃거리며
차례를 기다리는 동안
연단의 화려한 꽃바구니 속에 꽂혀 있는
버들가지 총총총 달린 눈이,
푸르디푸른 눈들이 날카롭게 쏘아 본다

네 살배기 동생을 이끌고
친구 따라 올랐던 산길
그 씨족의 묘제墓祭행렬 꽁무니에 따라나선 건
봄날의 해가 길어 배가 고팠고
무엇보다 친구라는 든든한 빽이 있었기 때문
해는 벌써 서산을 향하고
묘축 아래 나란히 선 조무래기들 틈에 끼여
꼴깍, 침을 삼키는 우리 자매의 땟자국 손을 건너
다음 아이에게로 넘겨지던 시루떡 조각
하늘이 노랗고 아롱진 건
배고픔보다도 눈물보다도 쪽팔림이었는데
미끄러지며 엎어지며 내려오던 울음소리는
건너 산기슭 밭두렁에까지 닿아

호미를 팽개치고 달려온 엄마,

울지 마라, 울지 마라

임시방편으로 따 먹여 주던 버들강아지

포로족족 비린 즙이

주린 창자에 엄마 가슴팍에 '서러움'이란 문자와 함께

패거리의 폭력과 능멸을 새겨 주었음에도

아직도 패거리의 꽁무니나 따라나서는 신세

죽은 것들의 배후에 서서

꼴깍,

침이나 삼키는 신세

암각화

향물로 목욕을 끝낸
아버지의 알몸을 뉘어 놓고
엄마는, 염쟁이의 만류를 뿌리치며
우리 오 남매를 나란히 세워
똑바로 보게 했다
가난과 병마와 싸우느라
깊게 패인 이마의 주름과
온몸 여기저기 쑥뜸 뜬 자리와
푸른빛을 머금은 살갗 밖으로
희미하게 비치는 정맥의 길을
눈으로 꾹꾹 짚어 주며
아버지의 전부를 읽어 두라 했다
난생처음 보는 남자의 거웃이 이해되지 않은
어린 나는
그것을 중심으로 새겨진 빗살무늬와 동심원,
강물 줄기를 닮은 암호 같은 그림들을
말똥말똥 쳐다보았다.
그 후, 아무도 가르쳐 주지 않았지만
거웃의 문양을 해독하게 되었을 땐

이미 나는 선사先史였으며
몸 곳곳에 문양을 지니게 되었다

투견

침묵이 흐르고 순간,
난 놈이 내 목덜미를 확 찢어
숨통을 아주 끊어주길 바랐어
패배란 죽음보다 지독한 두려움이거든
그런데 놈은 앞발로 지긋이 내 복부를 누르고
내 울대의 살 거죽과 놈의 송곳니 사이
찢어지지 않을 만큼의 살의만 유지한 채
무언가를 기다리고 있는 거야
죽여! 아니면
놓아! 라는 높은 음계의 소리를
그런 거였어
놈과 나는 여태껏 그들에 의해 싸워 온 거야
죽거나 죽이거나가 아닌
죽을 수 있거나 죽일 수 있는 사육견이었어
그들의 명령어에 따라
다시 싸워야 할지도 모른다는 공포와
죽음에로의 안식이 까무룩히 침몰하는 의식 저편으로
種들의 연혁沿革이 떠올랐어
우리를 지배해 온 자

서로가 서로의 목덜미를 노리는
거대한 투견장의 피묻은 거래가
그들의 연보이었어

그게, 그렇더라고

그 먹감나무 탁자가 검고 깊은 무늬로
내 시선을 탁, 한 번 후려친 후
나는 자꾸 내 발걸음의 분주함이나
시선의 두리번거림이 슬금슬금 무서워졌다
먹감나무가 저렇듯 떡 하니 제 속의 명암을
드러내 보일 수 있다는 건
땅속 깊은 곳까지 헤집던 뿌리를 뽑아버리고
수수만 개의 잎을 입처럼 내밀어
햇빛과 바람과 빗줄기를 빨아들이던
가지들을 몽땅 자르고, 무엇보다
먹감나무였던 외피를 낱낱이 벗기어 낸 다음
제 몸통을 수직으로 가르고 난 후의 일일 것
먹먹한 빛깔인
저에게 가장 가까이 다가간 후의 일일 것
오래도록, 아니 어쩌면 죽는 날까지
나, 껍데기 한 꺼풀도 벗길 수 없을 거면서
생의 어느 한 부분이라도 척 가른 다음
자, 봐라! 할 배짱 더더욱 없을 거면서
찐한 무늬 하나쯤 만들 거라 믿어 의심치 않은

가당찮은 이 몸뚱어리 전체가
그냥 몸서리쳐진다

맞짱

내일까지는 빌린 돈 오백만 원
꼭 갚아야 하는데
단돈 만 원도 마련해 놓지 못한 채
속수무책 자시子時까지 밀려와
대문 밖에 쪼그리고 앉아 화형식을 한다
깡그리 태워져 흔적 없이 사라져야 할
죄 많은 몸뚱어리 대신
등짝에 큼지막하게 생년월일과 내 이름 석 자를
수인번호인양 받아 적은 옷을 태운다

— 망하는 데에는 장사가 없는기라,
내어놓아야 할 목숨이니 시늉은 해야제
옷을 사루소, 살 냄새 흠뻑 밴 옷을,

용하다는 장보살 비책을 좇아 정월 대보름 둥근 달 아래
죄 없는 옷을 태운다
죽음까지 가는 까마득한 길 위에서
치사하게 번번이 발목 잡는 살아있음과
치사한 방법으로 맞짱 뜬다
하, 밝은 저 달이 보거나 말거나

법칙

치자꽃 나무가 죽었다
내가 약간의 풍요와 약간의 오만과
약간의 관계들로 이루어진 숲에서
간벌 되어
단칸방으로 밀려날 때
얼렁뚱땅 화분으로 옮겨져
따라온 치자꽃 나무
죽었다!
저 나무 화분 속 팽팽하게 뿌리 뻗어
눈 오는 날에도
뻣뻣하게 푸른 잎 세우고선
살아있다고 대들던 놈이었는데
나 또한 저놈의 눈치 보느라
살아있음에서 부동의 자세로 견디어야 했는데
이젠 저도 인정한 거다
뿌리의 집이었던 화분이 실은
뿌리의 감옥이었다는 거,
깨트릴 수 없다면, 벗어날 수 없다면
결코 대지에 가 닿을 수 없다는 것을

2부

순장 殉葬

임당고분* 유물관을 둘러보다가
녹슨 장검을 징표로 가진 사내를 만났다
복원된 부곽묘 유리판 너머로
당신, 이라고 은밀히 불렀다
새끼손가락부터 통증이 왔다

당신이 순응의 습속을 지키는 동안
그것의 동편에선 육십사만 팔천 개의
붉은 태양이 태어났고
색색색 바람이 불었고
홍건하게 비가 왔었고
나는
혼례와 화간을 번갈아 하며
육십사만 팔천 번의 잉태를 하였고
압독을 세운 사내를 낳았고
압독을 먹은 사내를 낳았고
그 피를 받은 사내들의 고환에 들어가
종족의 명맥을 이어가는 중
때로 거역과 반란의 영광도 가졌었으나

치졸한, 비열하기 그지없는, 이라고 기록될
작금의 족장
그의 시대는 다시 또 압독押督

* 원삼국시대 압독국의 지배세력 무덤

통속적

잘 익은 포도 한 송이를 접시에 담아
식탁 위에 그대로 둔 것이 화근이다
포도송이를 근거지 삼아 종족 번식을 이루어 낸 것은
그리하여 집안 전체를 점령한 것은 한낱 초파리들
육안으로 식별하기도 어려운 것들이
단단하게 여문 포도 알의 내부를
저리 쉽게 허물 수 있다는 건
그것들이 가진
입과 항문 생식기와 날개의 힘
그리고 달콤한 포도즙이 가진 부패의 힘
따지고 보면
달콤한 것들은 모두 부패의 유전자를 가지고 있어
어떤 종種과도 결탁할 수 있다
무엇이든 허물어버릴 수 있다

오류

그는 나에게
빵과 장미에 대해서 강설했다
빵으로 배가 부른 자들의
장미에 대해서
배고픈 자들의 장미와 빵에 대해서
나는
아침 TV 뉴스에서 본
신품종 장미꽃에 대해서 이야기했다
한 송이를 이룬 겹겹의 꽃 이파리마다
색깔이 다른 장미
생장기간 동안 줄기에 주입되는 색소와
똑같은 색깔이 되어야만 상품이 되는
무지개 장미꽃에 대해서
애써, 심드렁한 척 이야기했다
그에게 있어
언제나 허기진 간격에서만 존재하는 빵
그 빵보다 더 절실하다 믿는 붉은 장미는
이 시대에선 한 물간 상품이라는 말은 하지 못했다

사바에서 밥을 먹다

빌딩 숲 스카이라운지, 삼삼오오들 틈으로
추레한 모자(母子)가 들어온다
깡마른 어깨에 가방 두 개를 걸치고
젊은이라 하기엔 이미 늙고 있는 아들이
자신보다 더 깡마른 노모의 손을 잡고
주뼛주뼛 구석자리를 찾아 앉는다
뭔가 불안한, 와서는 안 될 곳,
에 왔다는 표정을 감추지 못하면서도
토닥토닥 노모를 안심시키는 동안
늙은 어미는 괴춤의 꽃분홍 지갑을 열고
꼬깃꼬깃한 지폐를 꺼내 아들 손에 꼭 쥐여 준다
병색 짙은 노모의 행색에 미루어, 이 도시 병원을 찾
았다가
어쩌면 이승의 마지막 만찬을 위해 큰 맘 먹고
하늘 산책을 결정했으리

야속도 하지
행색에 차별을 두는 것이 아니라
인간에게 격을 매기는 것이 아니라

덥수룩한 주인장이 슬그머니 국물 반 대접 더 갖다 주는
그런 국밥집이었으면 얼마나 편안했으랴
차려져 나온 찬의 절반은 손도 못 대고
죄스러운 듯 송구한 듯 고개 숙여 밥그릇을 비우고
회전문을 빠져나가는 서투른 모습 뒤로
후식까지 챙겨먹는 혓바닥들 도도하고 능란하다
피안이라 생각했던, 언젠가 가 닿고 싶다.
염원해보았을 세계
어쩌다 미리 체험해버린 그들은
지옥을 보았다 할까 극락을 보았다 할까

방점의 이치를 묻다

시인의 엄니답게
백 살까진 안 갈란다 차마 못 가겠다며
벚꽃 왁자하게 피는 아침
아흔여덟의 수壽를 슬쩍 놓아 버린
이쁜 할매 문상하고 돌아오는 길
연연홍, 저 벚꽃보다 더 가볍게
사뿐 걸어서 오는 길
그물에 걸리지 않는 바람처럼*, 이란
글귀가 걸려 있는 담벼락 밑
버려진 요구르트병 주둥이를 비집고
빡빡하게 올라오는 명아주 싹,
새파랗게 돋아나는 고것! 에게 걸려
턱, 걸려서
참, 한참을, 골똘히 멈추어 서보니
이 세상을 뜨는 일보다
이 세상으로 오는 일이
훨씬 더 눈물 나는 것이겠다.
혼자 주억거려 보는데

* 경북대학병원 맞은편에 있는 찻집

40

통증

거슬러 올라가면
내가 걸치고 있는 윗도리의 연혁은
천이이었다가 한 올의 실이었다가
실 이전의
일백스물다섯 개의 폴리에스텔 가닥인지라
거미줄보다 가느다란 이것이
온전히 한 가닥의 실이 되기 위해선
가연기라 불리는 기계의
바늘구멍보다 작은 곳을 통과해 나오면서
제 성정을 완전히 바꾸는 것인데
그 과정이 얼마나 아프고 섬세한지
그 중 한 가닥만 끊어지거나 이탈하여도
집채만 한 쇳덩이가
삐—삐—소리 내어 운다

내 몸을 이루고 있는
뼈와 살 외에 보이지 않은 수만 개의 가닥,
끊어지고 꼬여지길 하루에도 사만 팔천 번
그러니 이 몸
삐—삐—얼마나 아프겠나

전래동화

그러니까 그때,
떡 하나 주면 안 잡아 먹―지, 라고
가로막는 호랭이 앞에서
흥, 택도 없는 소리. 일갈하며
떡판으로 내리치고, 이판사판 죽을 각오로
그 호랭이 이빨 하나라도 부러뜨렸으면
할퀴던, 꼬집던, 물어뜯던, 눈알 하나라도
핏발 튀게 후려쳐 주춤하게 했었더라면
그리하여, 오두막집에 엄마 먼저 도착했었다면
그 붉은 수수는 아직 아무 색깔을 가지지 않은
무욕의 양식 이었을라나
무엇보다 하늘엔 해님 달님도 생기지 않아
지상의 시시비비 가릴 일도 없고
세상은 아직 깜깜하게 고요했을라나?

행운

내가 '행운'이라 말하며 뚝 꺾었을 때
악! 하고 새파랗게 질렸을 그 순간이
빳빳하게 정지된 채 있습니다

토끼풀 일가一家는 원하지 않은 일족을
어떻게든 내쳐야 했겠지요
생각해 보세요
하늘은 맑죠 햇살은 눈부시죠
아롱아롱 여울지는 초록의 촘촘함에서
특별히 다른 하나를 가져가라는 유혹
가져가라는 유혹
얼마나 매혹적이었겠는가를
하여, 이제는 부끄러운 내 싸구려 취향은
토끼풀 가의 음모에 휘말려
그들이 축출시킨 가문의 기형아와 함께
깔끔하게 코팅처리 되어 책갈피를 관장하고 있습니다
생각해 보면, 그때 그 늦은 봄날
나는
토끼풀 일가가 찾은 행운이었던 거지요

아편

아버지는 대나무를 깎아 만든 칼날로
양귀비꽃의 둥글고 푸른 씨방을 그었다
예리하게 베어진 상처,
세상에서 가장 아름답다는 꽃의 씨방은
흰 피를 뿜고 절명했다
끈적이는 그 피는
아버지의 노련한 손놀림으로
출입이 금지된 다락방에서 검은 환으로 거듭났다
까무룩 혼절을 자주 하던 나를 깨우기 위한 묘약이었다
자칫 잘못 사용하면 죽음을 부르는 극약極藥이기도 했다

그 옛날 서라벌의 궁궐에서도
아버지의 노련한 입놀림으로
흰 피를 뿜고 절명한 아름다운 사내가 있었다
당시, 아버지는 그의 피를 받아 극락極樂을 제조했다
적절한 처방전에 맞게 유통된 약의 효험으로
그의 왕국은 한때나마 태평했다

긴 세월이 흐른 지금, 그 약으로

시시때때로 죽음에 이르는 이들이 생겨나고 있다
훼절 당한 것들이 뿜은 피의 성분은 매혹이며 치명이다

침향

그것은
구천까지 가 닿았으나 내침당한 생목숨이
다시,
사랑 같은 지독한 문양을 새긴 죄로
천길 땅속에 매장당한 나였던 것
한 천 년
내가 나를 버리다가
항아의 물길이 열릴 때
수월관음 발아래 엎디어 젖은 몸 사루는 것
뼛속까지 태워 흔적 없어지면
비로소
화엄에 침투할 수 있는 것

소리무덤

아득한 시간을 몰고
무진장으로 나린,
해서, 설국이니 환상이니
호사스런 눈目에만 눈雪으로 나려
축복인가, 저 눈.

폭설에 묻힌 집 한 채
두 겹 세 겹 낡은 옷가지를 껴입고
냉골의 방바닥을 달래고 있을,
그대 나의 애인아
雪 · 舌 · 藝 · 說, 다시 雪
탁,탁,탁,탁
뼈가 뼈를 때리는 소리
목탁木鐸!

그 소리, 홀로 청아하다

색을 읽다

환성사 가는 길목 미나리꽝 있는데요
갓 스물은 되었을라나 까무잡잡한 어린새댁,
중년도 훨씬 넘어 뵈는 남정네의
손짓 발짓에 따라
미나리꽝 가득 베어 놓은 미나리를
한 아름씩 안고 나오는 풍경이었는데요
새빨간
샛노란
새파란,
무슨 말이냐 하면요
가슴팍까지 덥히는 새빨간 앞치마에
허벅지까지 올라온 샛노란 고무장화
출렁출렁 안겨 나오는 미나리 한 다발
넓은 챙 모자로도 결국 못 가린
다시, 새빨간 그녀의 입술
아하, 아하
나는 그만 그 색에 꼬여 휘청하였는데요
생각해보니
먼 먼 이국땅에서 삶을 색칠하고 있는 그녀가

장딴지까지 푹푹 빠지는
꽝! 을 건너는 일
저것 아니면
저 지독히 강렬한 것 아니면
안 되겠다, 싶데요

오독

사랑이라면
오롯이 저를 다 주어야지
상대의 몸속에서 저를 다 녹여야지
죽더라도 혼자서는 절대
못 죽겠다는 듯
서로의 몸통을 꽉 물고
꽃 피우고 잎 틔우는
저 노골적인 기생寄生의 연혁
연리지

連理枝!
너는 저걸 어떻게 읽는다고?

모일某日

추석 지난 지가 이레도 더 되었는데
가랑가랑 빗소리 제법 듣는 송림사 잔디밭에
나비 한 마리가 바쁘지 않게 날고 있다
저 여린 날개 다칠라
하필이면 빗속에 왜 나왔을꼬?
나비가 날아다니는 길 만큼 참견하다가
아차! 그만두었다

나도 이 빗속을 지나서
지금 여기에 있지 않은가!

혈화

우연히 들른 고택古宅 울밖에
서성, 서성거리는 봉선화들
이미 한물간 처지인 줄 알면서도
속수무책이었을 꽃, 마지막 잎을 땄다
심장 소리 간격으로 콩콩콩 찧어서
꽃의 피를 볼 때까지 짓이겨서
열 손가락 끝 랩으로 동여매어 하룻밤을 잤다
요즈음에 누가? 싶다가도
꽃물이 손톱에 새겨지길 바라면서
조심조심 하룻밤을 잤다
손톱은 밤사이 꽃이 되었다

고택高宅 울 밖으로 밀려 나와
서성, 서성이는 장삼이사
이미 끝장난 처지인 줄 알지만
짓이겨져서라도, 피를 보고서라도
가계家系를 동여매고 싶은,
꽃이 되고 싶은 꽃

부락민

이 부락의 공기는 언제나 심상찮다
누옥의 담장을 노골적으로 타 넘는 능소화
내 시선을 쪽쪽 빨아 먹는다
곤두박질치며 차도를 내달리는 검은 비닐봉지
내 불안을 야금야금 먹고 있다
좌판에 놓인 능금알 혹은 오래전의
그 막국수 한 사발 꿀꺽, 식욕을 삼킨다
늦가을 부추밭 위를 날고 있는 흰나비
장자의 꿈을 팔랑팔랑 먹어 준다
아가리를 위한 아가리들이 호시탐탐 노린다
10년을 키워 온 개의 꼬리
가시 벽을 감춘 선인장의 붉은 꽃
진실보다 위대한 거짓
에, 뿐만 아니라 허겁지겁
무엇에나 게걸스럽게 달려드는 아가리,
이 허무맹랑한, 염치불고의, 절체절명의
이것, 닫아야 하나?
하나?, 에 군침 흘리는 계산된 나의 아가리

오늘 같은 밤
청천 둥근 달의 아가리가 게워낸 지상,
후미진 골목을 능란하게 사라지는 도둑고양이……, 등을
또 어떤 아가리가 난도질해서
쩝쩝 잡아먹고 있겠다.

표적

오 일마다 열리는 하양장에서
만 이천 원 주고 사 온 놈
어느 가계의 혈통인지도 알 수 없고
온몸이 새까맣기에 네 식구 중 단 한 사람의
이견 없이 이름을 까망이로 얻은 놈
이년을 넘게 키웠는데도
올 때 그대로의 키와 몸무게를 고집하는 놈에게
녀석의 내력을 아는 이웃들은
한 냄비 거리도 되지 않은 것을
무엇하러 키우느냐며 간혹, 핀잔도 주지만
이웃들이 간과한 것이 있다
그들이 우리 집 안에 들어올 때마다
녀석이 정해 놓은 검열 기준을 통과했다는 것
우리 집 담장 밖 어느 한 모퉁이를 지날지라도
결코 녀석의 사정거리에서 벗어나 있지 않다는 것
그리고 녀석이 항상 겨누고 있는 목표물은
바로 그들이라는 사실,
그들에겐 비록 농거리에 지나지 않는 개가
본분을 지킬 수 있는 거리로 자신들이 선택돼 있는
현실을 놓치고 있다

근황

이곳엔
할미꽃 여럿이 살고 있습니더
예전엔 무덤가에서 살던 요것들
길 건너 지방경찰청사가 위압적으로 버티고 있고
담장을 사이에 두고
은혜교회의 십자가가 까마득히 올려다보이는
지산동 665-3번지 오래된 집 수타사,
스님 방 창문 밑에
예전 그 모습 그대로 살고 있습니더
모르지요
아무 말 없는 스님이
죽은 이보다 더 미더워서인지
아니면 이 도시 전체가 무덤이어서인지
웅얼웅얼 진한 속내를 웅숭거려 감추고는
그냥 그렇게들 살고 있습니더

3 부

꽃들의 팔뚝

연뿌리 두어 개를 사왔다
뽀얗게 다듬어 얄팍얄팍 썰어 놓으면
꽃 모양 반찬이 되는 그것 이전의,
팔뚝같이 생긴 연꽃의 뿌리
흙 털고 껍질 벗기는 중에 스치는 생각
뿌리가 뿌리 이전의
한 알의 씨앗이었을 때의 설렘이
꽃을 피우는 일은
깜깜한 진흙 속에 파고들어
통뼈인양 시치미를 떼고 버티는 노고
숭숭숭숭 바람 든 이력을
짜—잔 하고 꽃 모양으로 변해주는 눈물겨운 결단
깨끗이 다듬어져 도마 위에 나란히 뉘인
백골 같은 그 뿌리 겨냥해 칼 갖다 대다가
해 본 생각
진흙 구렁텅이인 이 땅덩어리에 피어 있는
꽃들의 팔뚝

매화나무 바깥에 서다

골짜기까지 휩쓸고 간 태풍 나비에게
굵은 가지 하나를 잃고서도
고요, 고요하던 묘적암 매화나무
찢겨나간 가지의 아픈 자리와
가지를 빼앗긴 몸통의 슬픈 경계에
꽃을 피웠습니다.
매향梅香 피웠던 가지의 기억 같은 거,
가지가 있던 자리의 휑한 통증 같은 거
다 내려놓았다는 것이지요
봄보다 먼저 꽃이 와서
온몸의 숨구멍이 전부 꽃 피는 자리인
저 매화나무의 말인즉슨
상처도 고요를 지녀야 꽃이 된다는 것인데
빼앗긴 자리와 찢긴 통증 위에
여전히 광풍이 몰아치는 여기는
아직도 고요의 바깥입니다

그들의 연애사

꽃가루 알레르기의 주범으로 몰려
수십 년 마을을 지키던
플라타너스 잘려나갔다
그 마을에 꽃가루 알레르기 여전하였지만
아무도 잘려나간 나무에게 미안해하지 않았다
다만, 나무만큼이나 오래 마을을 지켜온 할마시 서넛
잘려나간 나무의 그루터기에 오종종 나와 앉아
봄볕을 쬐고 있다
참, 세월이 지겹다고들 해 싸면서
살 만큼 살았으니 죽어야 하는디
빨리 죽어야 하는디, 해 싸면서리……

그런데, 낯 뜨거워라
꽃물 진지도 아득한
꽃물이 있기는 했는지 기억에도 없는
쭈글쭈글한 궁둥이 살 냄새를 맡고
염치 불고, 그루터기 옆구리를 뚫고
한사코 돋아나는 저 순筍!

나무유곽

마당 가에 명자나무 꽃눈 발그레하다
매화나무 복숭아나무 피자두 나무, 나무들
이미 저러하였고 지금 저러하리
시절에 맞춰 꽃 필 때마다
꽃처럼 아름다운 봄날 되라고
꽃을 빌어 전했던 안부
저 꽃 다 가지라고 선심 썼던 안부
염치없다
여린 혹은, 늙은 몸뚱이의 생살을 찢으며
하나하나 매어 달린 저 꽃의 실상은
눈 코 입 닫아걸고 한 계절 궁리했을 어미목木이
어쩔 수 없이, 어쩔 수 없이 다시 내어 거는
홍등,
살아가는 방편이 저것, 이었다니
난분분 노골적인 현장을 전송했던
봄날의 안부를 수정한다
지금에야 알아차린 저 집의 내력에 대해
함구한다

그 나무의 배후

그 단풍나무는 지독히 붉어서
아무도 그 속까진 들여다보지 못했다
그의 뿌리는 호수의 깊은 곳까지 닿아 있어
그의 뿌리가 들고 있는 무게는
사만 팔천 구절의 경으로 구워진
직사각의 돌들이 쌓아 올린 오층탑은 물론
그 탑을 배경으로
가부좌 튼 부처와 수미단과 꽃살문을 가진
오래된 집 한 채를 지고
하늘로 오르는 청동물고기뿐만이 아니다
어느 시공을 떠돌던 먼지 한 알이
이 세상에서 돌멩이로 굳어 뒹굴 때
한 마음이 주워 쌓고 쌓아 가람이 된
천년세월뿐만이 절대 아니다
그의 뿌리가 받치고 있는 무게는
그 모든 것에게 젖을 물리고 있는
붉은 호수*인 거다

이 가을, 당신이 만약 송림사에 간다면

무량, 무량한 무게를 지닌 붉은 호수를
배후로 두어야
풍경이 되는 그를 한번 보기 바란다

* 송림사 주지로 계시다 입적한 자호紫湖 성덕스님

경배,

그 절집 뜨락에
불두화 피었습니다
등애……,나비……, 진딧물까지
도나 개나 다 모여들었습니다
와중에
꿀벌 한 마리 그만 코 박고 죽었습니다
둥글고 환한 불두佛頭가 감춘 건
꿀이며 독이었던 것
부처도 아닌 것이 부처의 형상만 훔쳐
야단법석, 난장을 펼치는
저것을 우러러
손 모아 절한 이 어찌 저 꿀벌뿐이겠습니까
밥줄이거나 사랑이거나
오체투지로 가 닿아 절명한 곳이면
그도 성지 아닐는지요

산목련 미이라

시절 좋아 여기저기 돌아다닐 때
상주 은척면에 있는 우복 종택에 들러
앞마당에 서 있던 산목련 나무에게
사람의 심장같이 생긴 씨앗 서너 개 뺏어왔다
봄 되면 내 집 안마당에다 심어주겠다. 일방적 약속도
했다
그러나 봄 오기 전, 나의 집은 맥없이 무너져 내렸고
경황 중에서도 산목련의 씨앗은 챙겨 나왔다
우국충절의 가택을 지키는 족보 있는 나무인데
플라스틱 화분에다 분가시킬 순 없지
암, 그럴 수야 없지, 주문을 걸며
집의 부활을 꿈꾸며 여러 해 견디는 동안
산목련 나무의 씨앗은
황량하기 그지없는, 오래된 활자들이 묻혀있는
고동색 책장의 귀퉁이에서 말라갔다

인류역사 중 찬란했던 어느 왕조의 파라오들은
죽음 후의 삶을 대비해서
주검을 가르고 심장을 꺼내 항아리에 밀봉해 두었다는데

나는 생피가 도는 산목련 나무의 심장을 훔쳐 와서
자일리톨껌 상자에 밀봉해 놓은 꼴이 되었다

지금도 서기 천칠백 년대의 인물을 증명하고 있는
그 산목련 나무의 입장에서야 황당하기 그지없을 테지만
한 삼천 년 후 즈음에
내가 다시 이 땅에 찾아왔을 때
구구절절, 비루하였던, 종족의 유물관을 둘러보다가
왠지 낯익은, 오래 보아온 듯한,
어느 가계의 생몰연대와 나란히 전시된
한 그루 산목련 나무를 보게 될 것인즉,
그때를 기약하며 저 밀봉된 작은 상자를
저곳에 그냥 두어야겠다

봄꿈이었어

우수 지나 청매 밭을 지나다가
전지된 매화 가지 한 아름 얻었다
창가에, 식탁 위에, 신발장 옆에서
꽃 보겠다는 욕심이었다
하루를 보내고, 또 하루를 보내며
내가 지은 수궁에서 꽃눈 몽정을 하는 동안
밖은 때아닌 한풍이 몰아쳐
청매 밭의 나무들 꽁꽁, 다시 몸단속에 들었다는데
꽃, 핀다

팍, 팍, 팍 제 몸을 여는 순간
바람 한 점 없음을, 벌 나비가 없음을
제 뿌리가 없음을, 용도 폐기되었음을
알아차렸을 꽃,
그럼에도 그러함에도 끝까지 꽃이 되고 싶은
그것!

청천역

저 할머니 오늘도 나와 앉아 있습니다
어제도 그러하였고
그제도 그러하였고
아마 내일도 그러할 것입니다
수년이 지나도록 찾아오지 않은 걸 보면
아예 작정하고 떠난 거라고
버리기로 작정을 한 부모를
다시 찾아오겠느냐는 둥
동네 사람들의 애꿎은 소리는 듣지 않겠다는 듯
귀퉁이에 오색 주단쯤 되는 글씨가 찍혀 있을 법한
붉은색 보자기를 머리에 포옥 쓰고는
간이역이 보이는 건널목 가에 앉아있습니다
멀리서 보면 철길 가에 피어 있는
맨드라미 꽃처럼 보입니다
각혈한,
한 생이 온통 주름뿐이 꽃이 있는 풍경은
아주 60년대식입니다
그 풍경을 배경으로
하루에 세 번 완행열차가 들어오는 곳

그래서 희망도 하루에 세 번이지만
슬래브 지붕의 늙은 역사驛숨는
저 꽃이 지는 순간이 두렵기만 합니다

그나마 봄날이어서

수년째 연통이 끊긴
어쩌면 내가 끊은 친족의 죽음을
그 주검 백골이 되었을 오늘에서야 들었습니다
아슴 아슴,
그의 곤궁했던 처지를 비켜만 왔던
치사했음이 들통 날 것 같아
어쩌다가, 어쩌다가 되풀이하였습니다
그런 내 꼬락서니가 안쓰러웠던지
— 가난이 원수지 누굴 탓 하겠습니꺼.
두 눈이 휑하게 꺼진 그의 식솔이
말의 끝을 찾아 주었습니다
원수라……
예전엔 그저 작은 죄나 꿈꾸게 했던 가난이
때때로 겸손도 가르치던 가난이
이젠 가차 없이 목숨까지 앗는 원수가 되었나 봅니다
졸지에 그의 원수보다 더 몹쓸 것이 되고 보니
황급히 묻습니다
— 폭설 속 꽃눈들 몸단속 잘하던가요?
— 지리산엔 산벚나무 몸 활짝 열었다고요?

— 마포나루에도 봄 도착했지요?

나름 잔머리 굴린 멘트입니다만,

글쎄, 목련꽃 한 송이가

수타사 요사채에
우중충한 사람 여럿 모여있었는데요
저마다 수만 가지 생각들을 품고
수만 가지 알력을 겨루며 앉아있었는데요
마당 가 한 그루 목련 나무에서
봉긋한 꽃송이 하나가
공양주 보살 손에 살랑살랑 따라와서는
일말의 주저함도 없이
맑은 차 주전자 속으로 살폿 들어갔다 이겁니다
어이쿠, 저 여린 꽃잎 다 짓무르겠다
말할 틈도 주지 않고
그 꽃송이 스르르 저를 다 열어젖히고는
달짝지근 젖 내음 뿜어내는데
아 글쎄, 그 순간 방안 가득 뻗쳐있던
그 수만 가지 알력 와르르 무너지는 소리
꼭 목련꽃 피는 소리로 들려
사람들 뱃속에 찰랑찰랑 꽃 피고, 마당 가득 꽃 피고
물결, 꽃물결 골목 밖으로 찰랑찰랑 넘쳐서는
세상도 덩달아 봄이 됩디다
피어남도 좋지만 순절도 참 괜찮다 싶데요

지는 꽃이 각을 뜬다

작가들 모인다는 보령 가는 길에
성주사지 석불과 나란히 서서 찍었던 사진
근 일 년 동안 이종암 시인 카메라에 갇혀있다
나에게로 오는 과정에 인사 겸
사진 보니 나도 참 많이 늙었다 그쟈? 하니
그걸로 시 쓰소. 한다
그래 좋다
어스름은 내려 모든 것들 입 단속하는 시간
늙음이 어쩌구 인생이 어쩌구
사라진 절을 지키는 석불이 저쩌구
구. 구. 구. 왁자하게 언어의 집을 짓는데
가슴 한쪽이 뜨끔 베어진다
먼지 한 알이 흙이 되고 자갈이 되고 돌멩이 되고,
바위 되고, 그 바위 부처 되어 한 천 년 살다가
목하 돌아가는 중*
앞으로 몇몇 만 겁 일 중,
그 中에 끼어들어 세월을 놀린 입으로 시詩 는 무슨,
다물라!

시인이란 작자 네댓 배경으로 두고
툭, 지는 석류꽃

* 문정희 시 「돌아가는 길」에서

접견하다

서울 사는 오 모 시인이
부처님 오신 날 즈음해서
부처님의 자비가 가득하길 기원합니다, 라는
문구가 들어 있는 안부를 전자 우편으로 보내왔다
아내와 함께 도봉산 산행길에 들렀던
관음암에서 찍었다는 사진 한 장도 따라왔다
현판도 주련도 보이지 않는 당우
햇살이 사선으로 비켜 가는 섬돌 위에
나란히 계신 흰 고무신 한 켤레
닳고, 닳아서 찢어진 뒤꿈치를
이제는 사라진 일거리인, 이불 호청 꿰맬 때나 쓰는
굵은 흰 무명실로 꽁꽁 꿰맨 고무신 한 켤레
나도 모르게 두 손 가슴에 모으고
모니터를 향해 꾸벅 절했다

그래, 그래

태양아, 똑바로 앉아 봐라
오늘은 나하고 철학을 한번 논해보자
야, 인마 피자만 날름날름 받아묵지 말고
내 말 잘 들어 보거래이
플라톤이 이렇게 말했다
건강한 국가를 위해서 '시인'은 추방되어야 한다!
전적으로 동감이다
뭐 국가까지 갈 것도 없다.
건강한 가정을 위해서 시인은 추방되어야 한다.
니는 어떻게 생각하노?
아, 그리고 니체라는 양반이 말했다. 신은 죽었다!
동감한다. 아니 입증한다
여기 봐라, 니 보이나? 밑바닥이 다 닳아빠진 이것,
니가 보기에도 신은 분명히 죽었제?
그런데 태양아, 죽은 신을 부활시킬 전지전능한 자!
지금 우리 곁에 있데이, 니도 잘 알제?

해 종일 아지랑이 아롱거려
밥하기도 싫고, 멍하고 싶은 날

피자 한판 시켜 와서는
빛바랜 파라솔 아래
나보다 더 반기는 견공을 앉혀 놓고
너스레로 또 하루, 건너 주는 저 화상의 낡은 슬리퍼
내일은 꼭 새것으로 사다 놓아야겠다,
생각하는 봄날

상징 들여다보기

선인장이 꽃을 피웠습니다
둥근 몸통을 반이나 줄이고서
꽃 피웠습니다
된서리 내린 아침, 부랴부랴 집안으로 옮겨져
이 층 오르는 계단 구석에 놓여 겨울을 난 선인장
봄비 내리는 소리를 들으면서도
4월이 다 가도록 물 한번 얻어먹지 못한 선인장이
쭈글쭈글한, 가시가 숭숭 돋친 몸피 밖으로
붉은 꽃송이를 세 개나 밀어내었습니다
선명하게 붉은 꽃
꽃, 과 딱 눈이 마주쳤습니다
집안으로 들여올 때보다 더 부랴부랴
밖으로 들고 나가 물을 주었습니다
계단 구석에 놓여 갈증에 허덕이던 선인장이
고사 직전에 다다라서야
살려 달라, 내어 지르는 비명이었을 꽃
미안하다는 말 대신
듬뿍듬뿍 물만 주었습니다.

지금은 봄날의 절정이어서
천지간이 다 꽃입니다만
꽃이라고 다 절정에만 닿아 있겠습니까?
붉은 혹은 노골적, 몸짓인 저 색이 실은
살고 싶다, 지르는 소리일 수도 있을 터
꽃이 된다는 건,
절정 아니면 절명에 아주 가까이 닿아야 하는
일인가 봅니다

4 부

차경 借景

이제 막 피고 있는 석류꽃

꽃 진 자리가 불안한 늙은 산능금 나무

어제처럼 그렇게 지는 해

어제보다 조금 더 비켜서 눕는 내 그림자

가, 있는 마당에

흰나비 한 마리 왔다가 가네

왔다가 그냥 가네

해인도海印圖

해인,

그 길 걸어서 돌아오면
말씀 있다

장경藏經, 팔만법八萬法

그 끝에 닿으니
비로소 처처불處處佛!

다만,
멧새 한 마리
홍류紅流에 깃 적시고 있어

다시 그곳에 든다

작약

우중을 핑계 삼아 너에게 가지 않고
결국 너를 버린 저녁, 꽃이 나를 본다
종일 비 내려
꽃이 꽃일 수 있는 순간을 물벼락 맞는
마당 어귀 작약 군단의 붉은 꽃이 나를 본다
생의 가장 아름다운 정점 위로
느닷없이 쏟아지는 빗줄기의 난타 속
하르르 져 내릴 수도 다시 오므릴 수도 없는
저 처연히 봄마다 새순을 치는 궁극?
이제는 남의 것이 된 옛집 뒤뜰에도
작약이 피었었고
그것을 찾아 벌이 왔었고 간혹 나비도 온 것 같고
유독 붉었고, 참 보기에 좋았고
때로 무지막지 비도 내렸고
궁극이었을 꽃의 견딤을 그땐 몰랐고
뿌리의 효용가치는 더더욱 몰랐었고……
몸 열어 누군가에게 아름다운 순간을 접착시킨다는 건
홀로 처연함을 견디는 일
그 견딤이 뿌리까지 닿아야 구명도 감당할 수 있는 것

아직 한 번도 제대로 젖어 본 적 없는 나는
그저, 아름다웠던 작약을 기억하기로 한다

탑꽃

설악 첩첩, 산 잘려나간 자리
칡꽃 피었다
자세히 보면
여린 꽃잎 하나가 하나를 받들고
다시 받들어
저를 완성해 가는 꽃
어떤 염원이 쌓아 올린 탑 같다
인간의 마을과 내통한 산의 죄를
얼크리 설크리 감싸 안고
꽃 피워 내는 일이란,
상처 위에 탑 하나 앉히는 일
모든 것 다 용서하는 일
죽음보다 가벼운 저 꽃 처음 본 날
한 송이 꺾어 주랴? 묻던 사람아
너를 탐한 죄로
뭉텅 잘려나간 내 생의 절개지를
지금 저 꽃에 건다

맹목 너머

오늘은 눈이 내린다는 소설小雪

휴—

얼마나 다행이냐

실금 같긴 하여도

손톱 끝에 봉숭아 물

아직 있다

점묘點描

인도에서 왔다는 보리수 나무 잎
비슬산 아그배 나무 잎
송림사 석탑 옆 흑단풍 나무 잎
파계사 가는 길목 이팝 나무 잎
천지갑산 무너진 절집 속 생강나무 잎
잠시 살았던 그 집 황매화 꽃송이
백암 삼거리 은행나무 잎
이, 산다
여유 객기 또는 호기로웠던 내 행로의 징표들
부처, 시인, 무량, 허기, 봄, 봄, 가을……이라 우기며
책상 위 유리 깔판 밑에 납작 엎드려 산다

우주 어느 행간의 표식이었을 나도
이 세상을 관장하는 이가 주유했던
어떤 곳의 징표였던 것, 본래의 모습은 잃어버리고
그가 사역使役을 집필하는 세상귀퉁이 무늬로 산다
그곳에서 빠져나오는 순간 바스락 부서져 버릴
압화,
인간이라 우기며 산다

재갈

산문山門 밖을 내다보지 않고
벌써 석삼년째, 수타脩陀 중인 정각스님
심심하실까 봐
때로 세상사 부스러기 지푸라기처럼 입에 물고
갖다 드리기도 하는데
석류가 팡팡 터지는 어느 가을날
찻물이 곱게 배인 찻잔 너머로
엄지손톱만 한 돌멩이 하나 건네준다
척 보기에도 심상찮게 생긴 돌
―뭡니까요.
―아, 그냥 입에 물고 있어.
―그래도 뭔지는 알아야지요.
―구치 없애주는 데 효험이 있어.
―제 입에서 썩은 냄새 나나요?
―쯧쯧, 인간의 입에서 그럼 향내가 나랴?
―?!

생각해 보니
법당 앞 저 석류, 익어 벌어질 때

팡, 팡이 아닌 무언이었던 것
쩍쩍 몸통 찢어지는 고통에도 가타부타 말 않아야
그 말 영글어 보석같이 되는 것

퇴짜를 맞다

봄꽃이 흐드러지는데도요
정취암 산벚나무
꽃망울들 꽉 움켜지고 있습니다
보다 못한 딱따구리 일가─家,
왠 고집이냐고, 인제 그만 되었다고
가슴팍 휑하니 구멍이 뚫리도록 쪼아대도
앙, 버티고 있습니다
내가 그 먼 길을 찾아가
하룻밤을 지새우며 애원해도
꿈쩍도 않습니다
저 벚나무 기다리는 누군가가 있나 봅니다
꽃문 열어 맞이하고픈
나 아닌 누군가가 있나 봅니다

아무렇게나 서 있는 한 그루 산벚나무도
저를 열어 주는 일엔 저리 심사숙고입니다

봄밤

지난겨울
무진장으로 펼쳐지던
동백 화엄장 저쪽
적막,
또 적막
뿌리 깊이 사미승 하나 가둬 놓고
묵언정진 중이던 미황사 명자 꽃
고년
고, 당골찬 년
달 밝은 오늘 밤 화르르 옷섶 열어젖히고
젊은 부처 하나 잡아먹고 있을라나
저 달빛 척 휘감고 앉아
황홀경恍惚經을 치고 있을라나

생존밀도

여기 파군재, 신숭겸의 무덤가
수 그루 배롱나무 진 치고 있다
여름 한낮
붉은 숭어리 숭어리 얼마나 시끄러운지
저만큼 지나치던 이들도 한 번쯤 참견하고 간다
착착착착 빈틈없는,
수수만 개 꽃 이파리들의 간격이
오래된 죽음까지
저렇듯 와자지껄 떠받들고 있어
다시 한세상 걸판지다
죽은 이 조차 세상 밖으로 불러내는
저 밀착된 것들이 지피는 혼불이라니
너와 먼 나는
그냥 눈물만 난다

너에게서 듣다

부처님 오신 날에
평소 절친히 지내는 이를
가난한 절집 연등 아래에서 만났다
시집갈 때가 다 된
이쁜 딸내미와 같이 와서는
남희야, 은령이 아줌마다 인사해라
사실 이모다, 이모 하는데
왜 코끝 찡해 오는지
'엄'자의 'ㅇ'과 '마'자의 'ㅁ'을
골격으로 삼아 엄마와 한 통속인 이모,
생면부지 남남이어도
속사정 훤히 알 지경에 이르면
슬픔과 기쁨 똑같이 나눠 가지는 지경까지 닿으면
뼈대 하나쯤 서로 주고받는 사이까지 되면
성립되는 관계, 이모
밥 한 공기 건넨 적 없는데
손 한 번 잡아 준 적 없었는데
빈자들의 연등 사이사이
찰랑찰랑 건너서 나에게 오는

넙죽 받아 챙기기엔 참 송구한

그 말, 이모

붉은 말씀

여름 길목,
옛집 담장 너머 자목련이 피었습니다
이미 결정된 사안인 양
무성한 잎사귀를 젖히고
붉은 자태 확연히 드러내 놓았습니다
지난봄 목련 나무는
내 보냈어야 할 제 안의 꽃
두어 송이
슬쩍, 나를 위해 밀쳐 두었던 걸까요

어차피 보내야만 한다면
아차, 그때를 놓쳤더라도
더 늦기 전 꼭 보내야 한다는 듯
몸 깊이 어정쩡 그를 담고 있는 나를 향해
꽃,
들어 올리고 있습니다

누구를 위하여 종은 울리나*

소읍의 동쪽 끝
대추밭과 겨울 논 사이에서
종이 울린다
때릉, 때릉, 때릉때릉
지금은 새벽 두 시
세상은 이미 나를 배반 했다
그래, 까짓
나도 나를 버리겠다
내가 나를 결별 하러 가는 길
그만, 그만, 그만 멈추어라 하듯
때릉, 때릉, 때릉때릉
포항으로 가는 무궁화호 지친 객차를
처르르르 통과시키는 석촌 건널목

철컥, 나를 가로막는 종소리

* 헤밍웨이 소설 제목 차용

박곡동*

살아가는 일, 조금만 더 느슨해지면
박곡동에 갈 것이다

버드나무숲이 보이는 강 언덕에
이제는 아무 감정도 일어나지 않는,
오래 다투며, 미워하며, 정이든 지아비와
칠이 벗긴 은빛 비닐돗자리를 깔고 앉아
냉장고에서 주섬주섬 챙겨온 김치쪼가리와
또 한두 가지쯤 입맛이 도는 찬거리를 펼쳐 놓고
잘 마시지도 못하는 막걸리도 한잔하면서
이야기를, 내 고향 이야기를 할 것이다
박처럼 뽀얀 궁둥이를 둥둥 띄우며,
까르르까르르, 강가에서 멱 감고 놀던 내 어린 날과
동네 오라버니들 헤엄쳐 땅콩 서리 가던
강 건너 위천 마을 드넓은 모래밭 이야기.
부끄러움을 알 만큼 철이 들었을 땐
해 그름 물비늘이 반짝이는 강둑에 서면
괜시리 괜시리 눈물이 나던 이야기와
훌쩍하게 키가 컸던 첫사랑 그 머슴애와

두근거리며 어설프게 강둑을 걸었던 이야기,

그리고 무엇보다, 그 무엇보다

내 아버지의 아버지, 그 아버지의 아버지…… 아버지들의

물이었던, 길이었던, 생명이었던 낙동강!

고향마을 앞을 흐르는 그 강 이야기를 할 것이다.

김칫국물이 묻은 지아비의 입언저리를 닦아 주면서

바로 여기, 금모래를 적시며 흐르는 이 강!

이라고, 손가락으로 가리키며

저 순하고 순한 강이 젖을 물리고 키워 온

마을이며, 들이며, 사람들에 대해서, 생명에 대해서

하나도 빠뜨리지 않고 말해 줄 것이다.

박곡동, 내 고향아!

지금 저 강을 도륙 낼 광풍狂風이 불어 닥칠 거라,

소문 흉흉하지만, 두려워 마라

여기 생명을 위하는 결연한 이들 있어

온몸으로 온몸으로 그 바람 막아 낼 것이다.

그리하여,

이 순간에도 그 강의 젖을 먹고 자라는 마을,

마을의 아이들, 유장한 강의 노래를 듣게 할 것이며
더러, 삶의 진로를 따라 널 떠나기도 하겠지만
그 아이들 자라 나처럼 늙어 갈 때, 늙수그레한 제 반
쪽의 손을 잡고
물비늘이 반짝이는 강물을 바라보며
그 강이 지나온 역사, 사람의 역사를 이야기할 수 있
게 할 것이다

* 경북 고령군 소재, 낙동강에 근접해 있는 마을

나의 목수국 나무*

목수국 나무 아래 죽은 참새를 묻는다

목수국의 휘어진 가지에서
수직으로 떨어진 생
호미로 구덩이를 파서 묻어 주며
결코 놓지 않겠다는 듯
꽉 움켜쥔 참새의 가느린 발가락과
목수국 가지와의 거리를
단호하게 끊어주었다
연보라빛 꽃잎 몇 장으로도
가볍게 받아 안을 수 있는 주검에
토닥, 토닥 흙을 다지며
내 생 또한 언젠가는 떨어져야 할 터
그 나뭇가지를 찾다가
이미 오래전에 지나쳐 왔음을 안다
지나쳐 온 곳을 모르는 척 되돌아가기란
얼마나 낯 뜨겁고 또한 치사한 일이냐

어쩌다 죽음으로도 돌아갈 수 없는

나의 목수국 나무

* 목수국 나무 : 한 가지에 여러 가지 색깔의 꽃을 뒤섞여 피우는 나무

자기 서사敍事와 성찰省察의 깊은 울림

배 창 환(시인)

다른 사람들은 어떤지 모르겠지만 나는 좀 솔직하게 말해서 재미가 별로 없거나 내가 이해하기 힘든 시를 읽는 일에 인내심이 많이 부족하다. 그래서 시집을 읽을 때도 일단 몇 편 읽어보고 무슨 말인지 내 능력으로 알아내기 어려울 때는 참고 끈질기게 그 의미를 찾아내려는 노력을 기울이기보다 그만 접어두고 마는 편이다.

아닌 게 아니라 우리는 지금 시를 읽는 것인지 무슨 암호문을 받아 해독하는 것인지 모를 참 묘한 시대에 살고 있다. 그런 시가 가끔씩 눈에 띈다면 모르겠지만, 너무 많아서 이해가 되는 시가 오히려 드물다는 것이 더 문제다. 나는 중고등학교에서 청소년들에게 문학을 가르치는 사람이고, 그것도 시 교육에 관심을 두고 아이들과 글쓰기를 하고 책으로도 묶어내기도 하는데, 아이들에게 '일단 이해가 되고 가슴에 무엇인가 울림(감동)이 남는 시가 좋은 시'라고 원론에 충실하여 가르치면서 실제로 좋은 시들을 많이 뽑아서 읽히고 쓰게 하고 있다.

그렇게 해서 시 수업을 함께한 아이들은 시가 참 재미 있는 것으로 생각하고, 장차 예비 독자로 커간다고 나는 믿고 있다. 그런데 그 중에도 특히 재능 있는 아이들이 대학의 문창과에 진학하면 곧장 '벽'을 만나게 되는데, 문학 동아리에 들어서는(전공 수업 시간도 마찬가지지만.) 이런 고약한 환경에 배겨내지 못하고 금방 나와 버리고 혼자 시 공부를 하기 일쑤다. 이런 현상을 두고 대도시 와 농어촌의 환경이 빚어낸 '문명의 충돌'이라 하면 과연 맞는 말이 될까?

한술 더 떠서 시가 쉽게 이해되면 일단 낮추어보는 것 이 요즘의 추세인 듯한데, 그 또한 나로서는 여간 불만 이 아니다. 글은 독자가 이해하기 쉽게 쓰는 것이 오히 려 어려운 것이다. 읽기 쉽고 마음에 남을 메시지나 혜 안을 갖추고 있으면서 시적인 품위를 잃지 않고 있다면 그보다 더 좋은 일이 있겠는가? 지난날 정치적 암흑기에 리얼리즘 시들이 시대의 요구에 부응하여 독자의 변화, 독자와 함께 가려는 데 집착해왔다면, 지금은 너도나도 독자한테서 멀어지는 것이 마치 목표라도 되는 듯 경쟁 적으로 요설을 써대는 세태가 참으로 어리둥절할 정도 다.

독자들은 자신의 심금을 울려줄 어떤 메시지나 사물에 대한 새로운 인식, 그리고 정서의 감응을 기대한다. 하 지만 그들의 인내심에는 한계가 있게 마련이고, 시가 보 여주는 길을 따라가 보지만 결국 그 길에 아무것도 없음

을 알게 되면 자리를 툴툴 털고 떠날 수밖에 없는 것은
당연하지 않겠는가.

　내가 김은령의 시를 신뢰하는 것은 그가 이런 집단 유
행병 같은 말장난에서 벗어나 있으며, 자기 자신으로부
터 출발하여 자신에게로 돌아오는 자기自己 서사敍事를 갖
고 있기 때문이다. 자기 이야기가 없는 관념적인 언어유
희의 시는 뿌리 없는 풀과 같아서 허망하기 이를 데 없
다는 것을 우리는 너무 많이 보아왔다. 그의 시는 철저
히 자신에게서 출발하여 자신을 시적 대상으로 삼아 정
진精進 중이다. 어떤 경우에도 자기 정체성을 잃지 않으
려는 노력이 시의 곳곳에 드러나고 있다.

　　그 먹감나무 탁자가 검고 깊은 무늬로
　　내 시선을 탁, 한 번 후려친 후
　　나는 자꾸 내 발걸음의 분주함이나
　　시선의 두리번거림이 슬금슬금 무서워졌다
　　먹감나무가 저렇듯 떡 하니 제 속의 명암을
　　드러내 보일 수 있다는 건
　　땅속 깊은 곳까지 헤집던 뿌리를 뽑아버리고
　　수수만 개의 잎을 입처럼 내어 밀어
　　햇빛과 바람과 빗줄기를 빨아들이던
　　가지들을 몽땅 자르고, 무엇보다
　　먹감나무였던 외피를 낱낱이 벗기어 낸 다음
　　제 몸통을 수직으로 가르고 난 후의 일일 것

먹먹한 빛깔인

저에게 가장 가까이 다가간 후의 일일 것

　　　　　　　　　—「그게, 그렇더라고」일부

　그러니까 김은령은 먹감나무 탁자의 '검고 깊은 무늬'
를 보면서, 자기 자신도 '찐한 무늬 하나쯤 만들' 생각을
하고 있다. 물론 쉬운 일이 아니지만, 이 일은 이미 '아버
지의 대추나무'(첫 시집, 『통조림』)에서, 그러니까 아버지에
게서 배운 것이다. "아버지의 뜰에 뿌리내린 굴곡 많던
대추나무는/ 삶의 끝에서 인장印章의 재료로 생을 바꾸
었"는데, "그저 무심하게 피우는 그 꽃은 드물게 순하고
깨끗하여/꽃 진 자리마다 남김 없이 땡글땡글한 열매를
달아내"기에, 아버지는 '굵고 큰 열매를 바라는 마음에/
긴 작대기로 때려서 서둘러 열매들을 털어내었지만/ 묵
묵히 자신의 소신대로 자잘한 열매만 달"았을 뿐, 아버
지가 '대추알들을 작대기로 후둘겨 패서 거두어 들'일 때
마다 "나무는 조용히 자신의 나이테를 조이며/ 제 살을
단단히 다지더"란 것이다. 그것이 결국 '그 누군가를 증
명해 줄 수 있는 인장의 재료로 입관'되어 '어느 가계家系
의 명징한 인장印章으로 남'는다는 아버지의 이야기를 통
해 '화려하고 찬란한 큰 꽃 하나 피워보겠다'던 그의 생
각을 수정한 것이다.
　나는 시인이 끈질기게 자신 또는 자신의 삶을 대상으
로 성찰하고 겸허하게 자신의 '무늬'를 만들어 나가는 진

지한 자세야말로 참으로 귀하고 드문 것이라 생각한다. 김은령의 첫 시집과 이번에 묶어내는 시들을 읽어보면 이런 일관된 흐름을 읽을 수 있어서 일단 믿음이 간다.

그 중에도 나는 선명하게 자기 서사를 담은 시들을 좋아할 뿐 아니라 높이 평가하는데, 가령, 「송약국에 가고 싶다」 「김무희의 아내」라든가 「그 여름의 삽화」 「노을2」 「하령고개」 같은 시들은 눈물이 날 정도로 아름다운 시들이다. 이 시들은 분단, 기다림, 가난, 사랑과 죽음 등의 사연을 담고 있는데, 시 하나하나가 모두 우리가 헤쳐 나왔던 질곡의 시대에 겪은 이야기이면서 시인의 어린 시절 가족사가 따뜻하고 슬픈 언어로 그려져 있다. 시인이 '사라져 간 것은 아름답다'(「노을2」)고 노래할 수 있는 것은 그런 기억들이 사라졌기 때문이 아니라, 여전히 가슴에 살아남아서 시인을 울리고 있기 때문일 것이다.

김은령의 시들에 대해서 김용락은 "개인의 문제에 대한 진지한 자기 성찰뿐 아니라 그를 에워싸고 있는 사회적 환경에 대해서도 정직하게 대응하고"(첫 시집 발문, 「따뜻한 윤리주의자의 진정성」) 있다는 점을 지적하고 평가하면서, "산업화, 근대화로 파편화되고 단자화 되기 이전의 삶에 대한 희구"가 들어있다고 말하고 있는데, 제2시집에서는 시인의 고단한 삶의 현실을 중심으로 다루고 있다. 그리고 세상을 보고 사물을 접하는 눈이 훨씬 깊어지고 섬세해졌다.

이러한 변화는 그가 좀 더 철저히 자신을 들여다보려는 의식적인 노력과 때를 같이 하여 악화한 생활경제의 여건이 한몫하고 있는 듯하다. 하지만 시인은 어떤 순간에도 자기 분열을 허용하지 않는 대신에, 자신을 깨트리고 껍질을 벗겨 내는 일에 지나치다 싶을 만큼 철저하여 마침내 어떤 깨달음에 도달하고야 만다.

치자꽃 나무가 죽었다
내가 약간의 풍요와 약간의 오만과
약간의 관계들로 이루어진 숲에서
간벌 되어
단칸방으로 밀려날 때
얼렁뚱땅 화분으로 옮겨져
따라온 치자꽃 나무
죽었다!
저 나무 화분 속 팽팽하게 뿌리 뻗어
눈 오는 날에도
빳빳하게 푸른 잎 세우고선
살아있다고 대들던 놈이었는데
나 또한 저놈의 눈치 보느라
살아있음에서 부동의 자세로 견디어야 했는데
이젠 저도 인정한 거다
뿌리의 집이었던 화분이 실은
뿌리의 감옥이었다는 거,
깨트릴 수 없다면, 벗어날 수 없다면

결코 대지에 가 닿을 수 없다는 것을

—「법칙」 전문

　시인이 지난날 "약간의 풍요와 약간의 오만과/ 약간의 관계들로'부터 '단칸방으로 밀려날 때/ 얼렁뚱땅 화분으로 옮겨져/ 따라온 치자꽃 나무"가 죽었다. 다른 나무들은 다 놔두고 치지꽃 나무만은 두고 올 수 없어서 가져왔는데, 그래도 한때는 "황토 도기 큰 몸피를 영차, 들이밀고/ 빳빳하게 푸른 잎 세우고 있"(「훈육당하다」)던 그 치자꽃 나무가 결국은 죽어버리자 시인은 실의에 빠지고 마는데, 곧 "뿌리의 집이었던 화분이 실은/ 뿌리의 감옥이었다는" 사실을 깨닫는다. 그리고 그 자신이 몸담았던 '약간의 풍요와 약간의 오만과 약간의 관계'에 의해 이루어진 현실 역시 존재의 감옥이었다는 사실을 동시에 깨닫는다. 마침내 시인은 "깨트릴 수 없다면, 벗어날 수 없다면/ 결코 대지에 가 닿을 수 없다"고 말한다. 치자꽃나무가 화분(감옥)을 깨트리지 못했기에 결국 죽음에 이를 수밖에 없듯이, 시인이 말한 '약간의 풍요와 약간의 오만과 약간의 관계', 즉 그것들이 존재의 감옥으로 삶을 규정하면서 옥죄어 오고 있었던 것을 시인이 깨달은 것.

　1부와 2부의 많은 시들이 그런 시인의 인식을 구체화한 시들로 구성되어 있는 듯하다.

　아이는 자라서 철이 들어갔는데

후회막급인 결혼, 기념하라고
정례인 양 받던 꽃바구니 대신
백세주 두 병과 쇠고기 한 덩이
택배로 왔다
원수끼리 마주 앉아
짠-, 술잔 부딪치고
고기 한 점 입안으로 서로 넣어 주는데
꽃보다 먹이!
게걸스레 열리는 목구멍

─「축생일기」 일부

그는 나에게
빵과 장미에 대해서 강설했다
빵으로 배가 부른 자들의
장미에 대해서
배고픈 자들의 장미와 빵에 대해서
나는
아침 TV 뉴스에서 본
신품종 장미꽃에 대해서 이야기했다
한 송이를 이룬 겹겹의 꽃 이파리마다
색깔이 다른 장미
생장기간 동안 줄기에 주입되어 지는 색소와
똑같은 색깔이 되어야만 상품이 되는
무지개 장미꽃에 대해서
애써, 심드렁한 척 이야기했다
그에게 있어

언제나 허기진 간격에서만 존재하는 빵
그 빵보다 더 절실하다 믿는 붉은 장미는
이 시대에선 한물간 상품이라는 말은 하지 못했다
—「오류」 전문

긴 세월 동안 내 안으로 흘러들어 온
쓴 연애, 쓴 약속, 쓴 기억, 쓴 꿈
총체적인 쓴 삶이 담긴 낭囊, 을 버리기로 한다
품위란 말, 이젠 사치다
영혼이 있다는 것도 거짓말이다
—「쓸개를 버리다」 일부

이 시들이 말하는 것이 인간에게 먹고사는 문제가 가
장 먼저이며, 가장 절실한 문제라는 사실인데, '꽃보다
먹이'라는 말이나 '빵과 장미'라는 표현을 통해서 구체화
하고 있는, 어찌 보면 '생존'(먹이, 빵)이 먼저냐 '존재 혹
은 정신적 가치'(꽃, 장미)가 먼저냐 하는 논쟁 속으로 우
리를 초대하는 듯싶은데, '꽃보다 먹이'라는 말 속에 시
인의 답은 이미 나와 있다.'배고픈 자'에게 장미가 무슨
소용이냐는 것이고, 한 걸음 더 나아가 '빵으로 배부른
자의 장미'조차도 이미 하나의 장식품이 되고 유행에 지
배되는 상품(무지개 장미꽃)이 된 지 오래라는 것이다. '빵
과 꽃' 모두 물신화의 소용돌이 속에 함께 매몰되어 버리
는 공허한 이 시대에 대한 풍자적 우화라 할 수 있다.

그리하여 시인은 이 시대에 우리가 습득해 온 모든 것, 곧 '긴 세월 동안 내(시인의) 안으로 흘러들어 온/ 쓴 연애, 쓴 약속, 쓴 기억, 쓴 꿈/ 총체적인 쓴 삶이 담긴 낭囊'을 '버리기로' 하고, '품위란 말' '영혼이 있다는 것도' '거짓말'이고 '사치'라고 말한다. 빵이 없는 사람에게는 품위가 주어질 수 없는 현실에 대한 절망의 표현 아니면 강렬한 반어로 비판한 것일 터인데, 시인은 생존 자체가 위협받는 상황에서는 그 어떤 것도 위로가 될 수 없음을 뼈저리게 경험하고 마침내는 '땅과 바다의 경계'에서 '허공으로 한 뼘만 솟구치면 되리라' 생각하면서 '토말土末'에 서지만, 달빛 가득한 바다 앞에서 결국 현실 세계로 다시 돌아오는 극단적인 경험을 한다.(「월인月印」)

　이런 일련의 지독한 진통을 거치면서 시인은 현실 삶의 구조를 더욱 분명하게 인식하게 되고 어린 시절 어머니로부터 받았던 가난을 한동안 잊고 살다가 마침내 다시 그 가난에 이르게 되면서 '깡'이란 말뜻을 절실하게 이해하게 된다.

꼴깍, 침을 삼키는 우리 자매의 뗏자국 손을 건너
다음 아이에게로 넘겨지던 시루떡 조각
하늘이 노랗고 아롱진 건
배고픔보다도 눈물보다도 쪽팔림이었는데
미끄러지며 엎어지며 내려오던 울음소리는
건너 산기슭 밭두렁에까지 닿아

호미를 팽개치고 달려온 엄마,

울지 마라, 울지 마라

임시방편으로 따 먹여 주던 버들강아지

—「눈총」일부

반편인 내가 살아 보겠다고

파르르 떨 때마다 저 까마득한 곳에서

깡, 깡, 깡 우는 엄마처럼

살아오는 동안 무엇을 위해, 무엇에 의해

목울대가 눌리어 파랗게 질릴 때

내가 내미는 히든카드는 깡,

울어서, 울어서 눈물이 말라버린

내 뿌리의 마른 울음인 그 깡,이다

—「깡,」일부

　시인의 인식은 여기에 그치지 않고 명징한 사회의식으로 구체화한다. 곧 '패배란 죽음보다 지독한 두려움'(「투견」)이라 생각하면서 '그들의 명령에 따라' '서로가 서로의 목덜미를 노리며' 죽기 살기로 싸워온(경쟁해 온) 우리는 결국 '그들'에 의해 조종당해 온 '투견'일 뿐이었다는 깨달음이 그것이다. 거기에는 자본과 권력의 하수인으로 살아온 자신의 삶에 대한 비극적인 깨달음과 그러는 사이에 빈부 차이의 극대화와 더불어 서로가 별종別種으로 진화되어 가는, 건널 수 없는 강처럼 이분화 되어 온 사회에 대한 발견(「사바에서 밥을 먹다」), 그리고 "떡 하나

주면 안 잡아 먹—지, 라고/ 가로막는 호랭이 앞에서/ 흥, 택도 없는 소리. 일갈하며/ 떡판으로 내리치고, 이판 사판 죽을 각오로/ 그 호랭이 이빨 하나라도 부러뜨렸"거나 "할퀴던, 꼬집던, 물어뜯던, 눈알 하나라도/ 핏발 튀게 후려쳐 주춤하게"(『전래동화』)하지 못한 인간의 역사에 대한 회한이 담겨 있는데, 이 모든 것이 관념이 아니라 자신의 절실한 경험과 명상을 통해 도출된 것이란 점이 주목할 만하다.

김은령은 불자佛子다. 오래도록 불교문예 관련 활동을 해 왔고, 지역의 진보적인 문학운동에 성실히 참여해 온 시인으로도 널리 인정받고 있는데, 이는 그 자신의 세계관, 곧 철학에서 나온 것이겠지만, 어려움과 고난을 극복하고 생명에 대한 긍정과 견딤 혹은 해학의 미학을 통해 새로운 길을 찾아온 것도 그의 이런 이력과 무관하지 않다. 그는 근본적으로 깨어 있고 또 깨어 있고자 노력하면서 겸허함을 깊이 체득하고 있는 시인이다. 그리고 이번 시집에서는 특히 목청이 확 트여서 민중언어를 자유자재로 구사하고 있는데, 그것이 시를 더욱 생동하고 높은 감염력을 갖게 한다.

온몸의 숨구멍이 전부 꽃 피는 자리인
저 매화나무의 말인즉슨
상처도 고요를 지녀야 꽃이 된다는 것인데

빼앗긴 자리와 찢겨진 통증 위에
여전히 광풍이 몰아치는 여기는
아직도 고요의 바깥입니다
　　　　　　　　—「매화나무 바깥에 서다」 일부

아 글쎄, 그 순간 방안 가득 뻗쳐있던
그 수만 가지 알력 와르르 무너지는 소리
꼭 목련꽃 피는 소리로 들려
사람들 뱃속에 찰랑찰랑 꽃 피고, 마당 가득 꽃 피고
물결, 꽃물결 골목 밖으로 찰랑찰랑 넘쳐서는
세상도 덩달아 봄이 됩디다
피어남도 좋지만 순절도 참 괜찮다 싶데요
　　　　　　　　—「글쎄, 목련꽃 한 송이가」 일부

　매화를 통하여 '상처도 고요를 지녀야 꽃이' 됨을 보고, 목련꽃 한 송이가 스스로를 버려 차茶로 다시 태어나는 걸 보면서 '피어남도 좋지만, 순절도 참 괜찮다'고 노래하는 지고至高한 몸 보시布施, 곧 자기희생의 정신세계가 구어체 언어의 자연스러운 리듬에 실려 형상화되면서 범상치 않은 내공을 드러낸다. 그런가 하면 오늘의 신고辛苦한 일상 삶을 웃음으로 넘어서는 아래 시는, 지난날 오랜 고통의 세월을 풍자로 받아치고 해학으로 넘기는 전통 민중民衆 서사敍事의 골계미滑稽美가 되살아나 한껏 빛을 뿜고 있다. 좀 길지만 인용해 보자.

태양아, 똑바로 앉아 봐라
오늘은 나하고 철학을 한번 논해보자
야, 인마 피자만 날름날름 받아묵지 말고
내 말 잘 들어 보거래이
플라톤이 이렇게 말했다
건강한 국가를 위해서 '시인'은 추방되어야 한다!
전적으로 동감이다
뭐 국가까지 갈 것도 없다.
건강한 가정을 위해서 시인은 추방되어야 한다.
니는 어떻게 생각하노?
아, 그리고 니체라는 양반이 말했다. 신은 죽었다!
동감한다. 아니 입증한다
여기 봐라, 니 보이나? 밑바닥이 다 닳아빠진 이것,
니가 보기에도 신은 분명히 죽었제?
그런데, 태양아 죽은 신을 부활시킬 전지전능한 자!
지금 우리 곁에 있데이, 니도 잘 알제?

해 종일 아지랑이 아롱거려
밥하기도 싫고, 멍하고 싶은 날
햇살 좋다. 마당에라도 나와 봐라
빛바랜 파라솔 아래
피자 한 판 시켜 놓고는
둘이 우째 다 먹노, 식으면 맛없다며
나보다 더 반기는 견공을 앉혀 놓고
너스레를 떠는 저 화상의 낡은 슬리퍼
내일은 꼭 새것으로 사다 놓아야겠다, 생각하는

116

봄날 저녁

　　　　　　　　　　　　　　　　　—「그래, 그래」

　'신神'과 '신履'의 언어유희가 문맥 속에서 빚어내는 절묘함이 돋보이는 시다. 저쯤 되면 그 누구도 '저 화상畵像'의 새 슬리퍼를 사지 않을 도리가 없겠다. 삶과 밀착하여 대결하듯이 자신을 성찰하면서 자기 세계를 구축해 온 김은령 시의 진면목을 여기서 보는 듯하다.

　김은령은 첫 시집 『통조림』을 내면서 주목받아 왔으며, 이번에 10년 만에 두 번째 시집을 낸다. 그동안 그는 제재의 외연적 확장 대신에 주로 자신의 삶을 대상으로 삼아 마치 대결이라도 하는 듯이, 스스로에게 '입혀진' 껍질을 하나씩 벗겨 내고 깨나가는 가운데 세상과 사물을 보는 눈을 더욱 깊고 넓게 단련시켜왔다. 물론 쓸데없는 엄살이나 너스레를 떨지도 않았고, 자기 분열을 약간의 시적 수사로 분장하는 시들과는 분명히 거리를 두면서 자신의 길을 걸어왔다는 것이 이번 시집을 통해 확인되었다. 그리고 그 밑바닥에는 작은 것에 들어있는 삶과 죽음의 명암을 읽어내고 따뜻한 시선을 보내어 어루만지며 그 자리에 함께 설 줄 아는 생명철학이 깔려 있어서 무엇보다 든든하다.

　다만 이제는 자신에게서 맞추었던 눈을 좀 더 넓고 멀리 들어서, 자신을 포함한 우리 시대의 삶의 뿌리와 원

줄기를 더듬어 올라가 보고 그것이 어떻게 우리의 구체적인 삶의 질곡으로 들어와 있는지를 살펴보는 것도 필요하겠다는 것이 내 생각이다. 물론 그 단초가 이미 이 시집에서 시작되고 있고, 그가 앞으로 이루어가야 할 시적인 성취는 물론 전적으로 그의 몫이겠지만, 적어도 그가 시인으로서 나(우리)의 이런 기대를 저버리지 않을 것이란 믿음은 아래 시와 같은 절창絶唱을 통해서도 확인할 수 있다.

"이불호청 꿰맬 때나 쓰는/ 굵은 흰 무명실로 꽁꽁 꿰맨 고무신 한 켤레"에다 "나도 모르게 두 손 가슴에 모으고/ 모니터를 향해 꾸벅 절"할 줄 아는 시인, 이런 진정성을 가진 시인이라면 우리가 믿고 기대해도 좋지 않겠는가.

다음 시를 함께 읽는 것으로 마무리하면서, 김은령 시인의 새로운 '출발'을 진심으로 축하한다.

> 서울 사는 오 모 시인이
> 부처님 오신 날 즈음해서
> 부처님의 자비가 가득하길 기원합니다, 라는
> 문구가 들어 있는 안부를 전자 우편으로 보내왔다
> 아내와 함께 도봉산 산행길에 들렀던
> 관음암에서 찍었다는 사진 한 장도 따라왔다
> 현판도 주련도 보이지 않는 당우
> 햇살이 사선으로 비켜 가는 섬돌 위에

나란히 계신 흰 고무신 한 켤레
닳고, 닳아서 찢어진 뒤꿈치를
이제는 사라진 일거리인, 이불호청 꿰맬 때나 쓰는
굵은 흰 무명실로 꽁꽁 꿰맨 고무신 한 켤레
나도 모르게 두 손 가슴에 모으고
모니터를 향해 꾸벅 절했다

　　　　　　　　　　　　　　　　　　—「접견하다」전문